LA VENGEANCE

CONTRE SOY-MESME,

ET

LE CHAT AMOUREUX.

CONTES

EN VERS,

PAR M. D***

M. DCC. XII.

LA VENGEANCE

CONTRE

SOY-MESME,

CONTE

Tiré des cent Nouvelles nouvelles.

A Fille d'un Seigneur vivoit

chez ses Parens

Dans la splendeur, dans

l'innocence,

Ses biens, ses charmes, sa

naissance,

Luy firent en secret nombre de soupirans.

Déja dans le Païs, (c'étoit en Italie)

On ne parloit que des naissans appas

De l'incomparable Idalie,

A ij

Elle seule sembloit ne les connoître pas.

Aux œuvres d'Arachné, souvent à la pein-
ture,

Elle passoit un quart du jour ;

La promenade avoit son tour ,

Le reste s'employoit en pieuse Lecture.

On ne parloit point là d'amour.

Il étoit là pourtant pere de la nature ;

Tout l'Univers est son séjour.

Le jeune Eraste né d'assez haut parentage ,

Pauvre de biens, mais riche de courage ,

Ayant vû par hazard cette jeune Beauté,

En demeura comme enchanté.

Irai-je offrir mes vœux , disoit-il en luy-
même,

Moy qui n'ay ny moyens, ny rang ?

C'est maintenant l'argent qu'on aime,

Que sert la noblesse du sang ?

N'importe; hazardons; il dit, il part, il vole

Droit au Château qu'Idalie habitoit.

Infinuant, comme il eſtoit,

A titre d'Ecuyer il ſçait joüer ſon rôlle :

Si bien que les Parens l'arrêtent dans ces
lieux.

Cet employ n'eſt pas glorieux ;

Il n'eſt pas bas auſſi. Puis quand l'amour
décide,

Voir ce qu'on aime eſt le ſolide.

Voilà donc nôtre jeune Amant

Qui, la gaule à la main, dompte travail,
dreſſe

L'indocile Poulain, la légere Jument

Fruit des haras du Duc, pere de ſa maîtreſſe.

Il faiſoit beau le voir ſur un courſier hau-
tain,

Amaſſer une tête, enfiler une bague,

Darder une Méduſe, abattre le faquin,

Plus fier qu'un Amadis qui combat l'An-
driague.   A iij

D'Adonis, au surplus c'étoit le vray por-
trait.   trait]

C'eſt dans ſes yeux qu'Amour choiſit un [
Pour bleſſer la jeune Idalie.

Il aſſena ſon coup, elle en eut pour ſa vie.
Auſſi-tôt regards de partir
Soupirs d'aller, cœur de ſe rendre
Sa raiſon, loin d'y conſentir,
Fit mille efforts pour la deffendre.

Un domeſtique, un gueux, diſoit - elle,
tout-bas,
Triomphera de mes appas ?

Non non . . . dans ces inſtans Eraſte
étoit loin d'elle.

Il parut, ſa raiſon n'oſa plus raiſonner,
Elle baiſſa les yeux, feignit de badiner ;
C'étoit dans la Saiſon nouvelle.
La Scene étoit au fond d'un Bois
Son Amant la trouva ſi belle,

Qu'il luy parla d'amour pour la premiere
fois :

On accepta ſes vœux ; l'Amour n'eſt - il

 pas maître ?

Jeunes Beautez, fuïez ſi vous voulez parer

 Les amorces d'un petit traitre

Qui ne flatte nos cœurs que pour les dé-

 chirer.

Nos deux Amans croyoient s'aimer ſans

 ceſſe.

Trouble charmant, tranſports, délicateſſe

 Aſſaiſonnent toûjours

 Les nouvelles Amours.

Les parens ſans ſoupçon laiſſent parler la

 Belle

Au nouvel Ecuyer dont on vante le zele.

Que de rapides jours dans ce bonheur

 paſſez !

On ſe voyoit toûjours, ce n'étoit pas aſſez,

A la fin ce fut trop, non pas pour Idalie,

 Car chacun ſçait que ſoûs les loix

 d'Amour

Tôt ou tard il arrive un jour,

Que l'un serre sa chaîne & l'autre la délie.

Ce jour fatal venu , l'Ecuyer un matin

Va chercher un nouveau destin;

S'il m'en souvient , ce fut à Parme ,

Où d'un nouvel objet il se rend le captif.

Déja pour nôtre fugitif

De ce nouvel objet la fierté se desarme.

Elle avoit un Epoux , mais ce fripon d'a-
mour

Du chaste hymen aime à troubler la cour,

Eraste & Eleonor s'aimerent , se le dirent

L'hymen & l'Epoux en souffrirent.

Idalie en apprit jusqu'au fond de ses Bois

La funeste nouvelle ;

Qui la luy dit ? Oh ! qui ? la Déesse aux
cent voix,

Par son moyen tout se revele ;

Les pleurs d'abord furent son seul recours.

Le dépit , la fierté , le desespoir , la honte

En augmentoient , ou suspendoient
le cours ,   pte.]
Toutes les passions y trouverent leur com[
La douleur enfin l'emporta ,
Mais la douleur la plus amere ,
La plus tendre , la plus sincere
Que jamais l'Amour excita.
Pour y chercher remede , on met tout en
usage ,
On suppose un pelerinage
Promis depuis long-têms à tel Saint , en
tel lieu ,   page]
On part avec un oncle en pompeux équi[
Le tout pour la gloire de Dieu.
Dés la premiere couchée
Idalie ouvre son cœur
A sa suivante touchée
De l'excés de sa langueur ,
La cassete aux bijoux toûjours si necessaire ,
Servit à recouvrer habits d'hommes , che-
vaux   A v

On coupa des cheveux si beaux

Que ceux de Bérenice attentifs au mystere,

Craignirent des Astres nouveaux.

Au point qu'on voit briller l'Aurore,

La Belle se dérobe à son oncle en deffaut,

Elle monte à cheval, & l'oncle dort encore,

Qu'elle est à Parme, ou peut s'en faut.

Suivons la, car de l'oncle on a peu de nou-

velc.

L'Aprentif cavalier arrive à la Cité,

S'enquiert d'Eraste & de sa Belle.

Tout luy confirme. Hélas! la triste verité,

Toutefois à l'esperance

Un cœur se livre aisément,

Elle alloit voir son Amant ;

C'est un plaisir qui balance

Le plus horrible tourment.

Elle va demeurer où logeoit l'infidele.

Cherche à le voir, en fait les premiers pas.

Il prend de l'amitié pour elle,

Il ne la connoiſt pourtant pas ;

Mais dans ces habits d'homme, elle avoit

tant d'appas,

Qu'avec plus d'une belle

Elle eut à ſoûtenir d'aſſés plaiſans combats.

Voilà donc ces Amans dont l'amitié s'em-

preſſe

A réünir les cœurs qu'a feparé l'Amour ;

Nôtre heroïne en laiſſe amuſer ſa tendreſſe ;

Avec Erafte au moins elle paſſe le jour.

Il la mene chez ſa Maîtreſſe,

Dont comparant le cœur & les atraits aux

ſiens,

Il ſortira de cette yvreſſe,

Dit - elle, il reviendra bien-tôt dans mes

liens.

Qu'elle connoiſſoit peu des hommes le ca-

price !

Eſclaves d'une molle & fauſſe volupté,

Dans leur eſprit un peu de vice

A vj

L'emporte fur le cœur, même fur la beauté.

D'Erafte cependant la priere importune

Obtint (nôtre Idalie envain s'en deffendit)

De coucher en fa Chambre commune.

En même Chambre ? Oüy , de plus en
même lit.

Cecy fent la bonne fortune :

Cenfeur, auras-tu bien-tôt dit.

Ton jugement eft trop fubit ,

Songe à plaindre une Amante fage.

Entendre des foupirs pour un autre pouffés,

Répondre à des difcours, confus , emba_
raffez ,

A ton avis eft-ce un grand avantage?

De fon amant le nouvel efclavage ;

Eft traverfé par de jaloux tranfports;

Pour les calmer elle fait mille efforts;

Erafte malheureux defarme fon courage;

On dit même qu'elle en pleura.

Quelque mauvais cœur en rira,

Une nuit, nuit funeste, aux pleurs aban-
donnée,

Cher Eraste, dit - elle, ouvrez moy vôtre
cœur,

N'est-il point quelque infortunée

Dont vous ayez trahy l'ardeur ?

L'Amour souvent injuste est quelque fois

vengeur.

Il en est une hélas ! répartit le perfide,

Elle avoit mêmes traits que vous,

Elle sentoit pour moy la tendresse solide

Qui d'un amant fait un Epoux.

Je la quittay .. ces mots toucherent Idalie,

Tremblante elle s'approche, & luy tendant

les bras;

Allons la retrouver, c'est moy qui vous

en prie,

Dit-elle, allons, mais ne differons pas.

Je ne puis, reprend l'infidele ;

Si la raison le veut, l'Amour plus puissant
qu'elle,

S'oppofe à vos fages avis ,

C'en eft trop, dit tout-bas la belle

De ne les avoir pas fuivis ;

Tu te repentiras ; auffi-tôt elle appelle

Sa fuivante , prend fes habits,

Ecrit une Lettre touchante,

Vivant Tableau de fon fatal amour ,

Monte à cheval avant le jour,

Quitte Parme avec fa fuivante,

Le fier dépit , par un noble retour ,

Tache à brifer fa chaîne trop pefante ;

Et l'œil fec , la mine riante,

Elle révoit le paternel féjour.

A fon déguifement, à fon trop long voïage

Elle fçût donner des couleurs,

Et fans s'informer davantage,

De joye en l'embraffant , on répandit des

pleurs.

Erafte d'autre part , fans foupçon de fa

fuite ,

Vaincu par le Dieu du sommeil ,

Sent jufqu'au lever du Soleil

Calmer le trouble qui l'agite.

En s'éveillant il cherche fon amy ,

Il apprend fon départ , ce fut un coup de

foudre.

Pour l'inconftant , il ne fçait que ré-

foudre

Où le chercher ? pourquoy s'être en-

dormy ?

Faifant tréve à fa jaloufie

Dans fa nouvelle phrénefie

Il fe tourmente, il court, il trouve le billet,

Il l'ouvre , y voit fon avanture ,

Qu'il fut foufcrit ou non , d'abord il eft

au fait.

Il fe repent de fon parjure,

S'enferme dans fon cabinet ,

Recommence cent fois la fatale Lecture;

Et fi Leonor en effet

Voulut luy faire quelque injure
Croyez qu'elle eut le temps, il l'oublia
tout net.

Il paſſe quelques jours à digerer la choſe;
Puis tout-à-coup il ſe propoſe
D'aller obtenir ſon pardon.
Sur l'aiſle de l'Amour aux feux de ſon
brandon,
Il vole au Château d'Idalie,
Imagine un moyen d'adoucir ſes parens
Sur ſa bruſque ſortie.
Ce n'étoit pas le point, on peut tromper
les Grands,
Il falloit appaiſer une Amante trahie.
Lorſqu'il fut auprés du Château
Il étoit nuit, jamais objet ſi beau
N'avoit frapé ſa vûë,
Mille feux pétillans alloient fendre la nuë,
Tout brilloit en ce lieu, les voix, les in-
ſtrumens,

Les jeux , les Ris , les agrémens ,
La Danſe au pied leger , tout reſſentoit la
fête.

Demànder pour qui l'on l'apprête
C'eſt ce qu'il n'oſe faire. Il entre en chan-
celant,
Voit Idalie un peu pâle , mais telle
Que de ſes jours il ne la vit ſi belle,
Un Cavalier bien fait , d'un air tendre &
galant
Librement s'empreſſe auprés d'elle,
Quel ſpectacle pour l'infidele !
Idalie apperçoit Eraſte dans un coin ,
Rougit , l'appelle & prend le ſoin
De luy dire en deux mots que ce jour
l'hymenée
Avoit fixé ſa deſtinée ;
Qu'il n'eut tenu qu'à luy d'êprouver ſon
amour;
Mais qu'à l'inſtant de ſon retour

Elle avoit refolu de combler l'efperance

D'un Rival : vous aviez fur luy la prefe-
rence

Dit-elle ; aprés cela, partez, & deformais

D'un cœurqui vous aima ne troublez plus
la paix.

Il partit en effet, accablé, miferable,

    Traînant fa honte & fon lien.

Ne plaignons point fon fort, il le meritoit
bien.

Puiffe tout inconftant en fubir un fem-
blable.

Et vous jeunes Beautez qui vous formez
des chaînes,

    Souvent indignes de vos cœurs,

    Je vous prédis qu'à vos folles ardeurs,

    Succederont les plus cruelles peines.

Idalie éprouva ce que j'avance icy,

    Craignez de l'éprouver auffi.

F I N.

LE CHAT
AMOUREUX,
AUTRE CONTE.

UN jeune Chat vivoit dans le sein du
   repos,
Mollement élevé par des mains bienfaisan-
tes ;
   Pour ménager ses quenottes naissantes,
On luy donnoit du lait, du mou, de tên-
dres os.
Il étoit doux, flatteur, son corps de blan-
che hermine
   Etoit noblement habillé,
Ses yeux étoient sereins, on voyoit à sa
mine,

Que d'aucun crime encor son cœur n'étoit
soüillé.

Le Printemps vint, saison fatale !
A toute gent qui forme des desirs ;
En est-il d'autre en l'âge des plaisirs?
Sur ce point là toute gent est égale.
Novice encor l'adolescent
Est averty par la nature
Que sur les toits, tant que la saison dure,
Il trouvera pratique, & d'abord bondissant
Il s'échape de son azile :
Il court, il vole aux cris d'une troupe in-
docile ,
Choisit une maîtresse, en aproche en trem
blant.
Comme il possede le talent
De la societé civile ,
Qu'Amour y mit ce qu'il a de galant
Que son Iris est vive & brune,
Qu'il est beau gras & parfumé,
Bien-tôt leur ardeur est commune:

Poſſeſſeur auſſi-tôt qu'aimé;
. Rien n'eſt égal à ſa fortune.
Nôtre Amant en jeune entété
S'enyvre des tranſports de ſa premiere fla-
me.
Manger luy paroîtroit une groſſiereté.
Qu'a-t'il fait juſqu'alors, qui ſatisfiſt ſon
ame ?
Il étoit bien couché, bien nouri, bien flatté,
Belle comparaiſon de telle volupté
A ce qu'il ſent prés de ſa Dame;
Voilà le beau, le laid ſuivra de prés.
La Dame étoit du ſiécle, elle agiſſoit d'e-
xemple,
Et du Dieu qui lance des traits
Elle avoit viſité le Temple
Avec d'autres amans moins polis & moins
frais.
Leur malheur les reconcilie,
Senſible à l'infidelité

La troupe bruïante & trahie
A punir la temerité
Par un affreux ferment se lie.
Il n'en falloit pas tant; le pauvret endormi,
A force de plaisirs languissoit prés sa belle
Ses Rivaux irritez d'une rage cruelle,
Ne voulant pas se vanger à demy ;
L'un le prend par les pieds; l'autre saisit
fa tête ,   prête.]
D'un troisiéme la patte à l'immoler s'a[
Vous ne sçavez point vous vanger ,
Dit un vieil scelerat blanchi soûs la malice
Laissez moy choisir le supplice.
Aussi-tôt il le va plonger
Dans une abîme affreux plein de sang &
de fange ,
C'est un bain d'eau de fleur d'orange,
Ajoûte-t'il , nôtre jeune Amoureux ,
Vous voilà propre à faire des conquêtes,
Et nos Maîtresses seront prestes

En sortant de ce bain à recevoir vos vœux.

Il dit ; & ce trait d'ironie

Attire de longs cris l'importune harmonie,

Le pauvre infortuné n'ose lever les yeux,

Délicat dés son plus bas âge,

Ses sens font engloutis dans ce gouffre odieux,
Il voudroit en perdre l'usage :

Mais eux-mêmes ont fait le mal,

Il faut qu'ils soient punis ; fidele à ses Penates
S'il n'eût point quitté ses foyers,

Il eût de sa vertu reçû les doux loyers,

Il marcheroit sur quatre pattes.

Voicy le dénouëment. La pitié ce matin

L'a tiré de son antre sombre,

Mais sanglant, las, estropié, mal sain,

De luy-même ce n'est que l'ombre

Dont se jouë encor le destin.

O fol Amour ! grossiere incontinence!
De vos amis voilà la recompense.

F I N.

J'Ay lû par ordre de Monsieur le Lieu-tenant General de Police, un Manuscrit intitulé *La Vengeance contre soy même*, dont on peut permettre l'Impression, A Paris le 30. Août 1712.

PASSART.

VEU l'Approbation du Sieur Passart, Permis d'imprimer, A Paris ce 4. Septembre 1712.

M. R. DE VOYER D'ARGENSON.

Registré sur le Registre de la Communauté des Libraires & Imprimeurs de Paris, Nº 247. conformément aux Reglemens & notamment à l'Arrest de la Cour de Parlement du 3e Decembre 1705. A Paris ce 24e Septembre 1712.

L. JOSSE
Syndic.

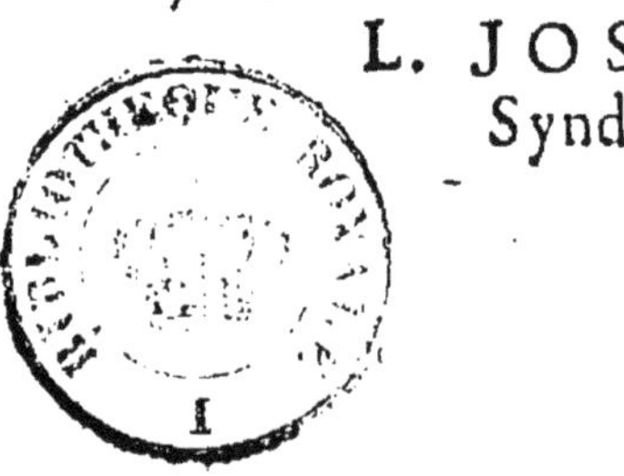

A PARIS,

Chez PIERRE PRAULT, Quay de Gêvres, du costé du Pont-aux-Change, au Paradis.